KB253211

빙혼

손가윤 시집

새미

이 도서의 국립중앙도서관 출판시도서목록(CIP)은 서지정보유통지원시스템 홈페이지(http://seoji.nl.go.kr)와 국가자료공동목록시스템(http://www.nl.go.kr/kolisnet)에서 이용하실 수 있습니다. (CIP제어번호: CIP2013003018)

| 시인의 말

습관성 체중으로 이십년을 고생했습니다.

제가 다닌 병원의 담당의사가 마치 저의 주치의 같을 정도였지요. 그런데 재작년 어느 날 누가 그러시더군요. <詩치료>라는 게 있다고……. 그래서 무턱대고 시집 『돛단배』를 내게 되었고 거기에 제 속을 조금 털어놓았더니 병이 조금 낫는 것 같았습니다. 연이어 작년에는 『회상』을 내면서 속을 좀 더 털어놓았었는데, 차츰 20년 묵은 제 고질병이 가라앉아가고 있는 걸 느꼈습니다. 그렇습니다. 저는 이 세 번째 시집 『빙혼』이 저의 병을 거의 완치시켜 주리라 믿습니다.

이제는 내내 저를 괴롭히던 병마를 훌훌 벗어던지고, 모든 가족과 지인들에게 환히 웃을 자신이 생긴 것 같습니다. 감사합니다.

한층 차원 있는 기술로 시집을 아름답게 꾸며주신 도서출판 새미 편집진 여러분들께도 진심으로 감사드립니다.

아울러 저에게 <詩치료>를 적극 권해주시고 계속 용기를 북돋아주신 경수원 원장선생님, 두고두고 감사합니다.

2013년 봄에
하란 손가윤

꽃무릇

외딴섬

갯바위

달무리

발등에 떨어진 채로

하염없이 울고 있는

그림자,

벽지

잠자리에서 불을 끄면
어둠에 잠기는 방.
실크벽지 반질거리는 벽면으로
돌아누운
내 눈은 올빼미 눈.
삼 면의 벽엔
십자수 작품 전시회가 한창 성업 중
또 다른 벽에는 촘촘히
임의 모습 어룽진다.

눈을 다시 감아도
끊임없이 여울지는
그 모습 그 목소리 내 귀를 어루만지고,
지금은 잊혀져버린 노래가 거짓말처럼
편안한 자장가로 변신하여 흐르고 있다.
눈을 감은 채 임의 그림자 부둥켜안고서
한순간 희로애락에 감전된 김에
달님에게도 인사한다.

여우별

긴 시간
긴 월력
긴 연수
산천이 네 번이나 변한 세월의 내 인생
사십 년이라는 세월을
뭣 땜에 모른척하였나.
무심한척 아무것도 아닌척하였나.

가슴에 숨어든 별 하나

발등에 떨어진 채로
하염없이 울고 있는
그림자,
풀잎 사이로
숨어다니다가 그만,
깨어져버린

여우별
무심결이라도
상처 하나쯤 영광으로 품으라고 그랬나.

달맞이 꽃

칠흑같이 어두워도 어두우니까
한없이 달리렵니다.
꼴찌라도 좋습니다.
뛰며 쉬며 어디까지라도
끝이 보이지 않는 길일지라도
뛰어가렵니다.
땀방울 방울방울마다 새로운 자아를 새기고

밤에만 웃는 당신처럼 노오란 얼굴로
달음박질하렵니다.
뛰어가는 발짝 따라
그림자도 당신도 부지런히 따라오기에
도무지 이길 수가 없어서
길섶 꽃무리에 스러진 채로
깊은 밤 저 달이 되어서 끝없이 잠들겠습니다.

불 꺼진 창밖

불을 끄고
남쪽으로 가만히 앉아
방충망 사이로
뜨락을 내다보다 하늘에
새털구름솜털구름실구름열구름위턱구름꽃구름을
다리 놓고, 별빛달빛을 초대하고,
맴맴 매미소리 귀뚤귀뚤 귀뚜리 소리
지절지절 새소리로 음악회를 열면,
바나나 잎들이 하늘하늘 에어컨 되어주는
한편의 동화처럼 스치는
기억의 호수에 깊이 빠졌다가

어느새
꿈길 한 모서리에서
그대 만나는 황홀함이여.

밤바다에서 수화를

이글거리던 태양도 잠들 시간
여인은
포구에 묶인 꼬막선을 탔다.
하늬바람이 옷깃을 스치고
반사된 황금빛 잔영, 미적거리고 있는

너울도 없이 일렁이는 물결 투명한
바다는 잠자는 고기들조차 보이라고
가만히 숨결 멈춘 채로 시치미를 떼는데

서툰 솜씨지만 번갈아서
잔물결 일렁이는 그곳으로 노 저어 간다,
항해를 한다.
밤바다 물결 자락마다
소리 없는 코러스를 넣으며.

밤바다에서 수화를

잠든 바다여 연인들의 합창에 귀를 기울여라
꼬막선 태운 채로 낭만의 함성을 지르게 하라
소금기 머금은 손이 노깃으로 네 가슴을 갈라도

영원히 함께 하라고 손가락 걸어주며
밤바다는 예식장, 보름달빛 아래서 주례 서주는
밤하늘 별빛마저도 화촉 밝히는 끝없음이여.

가슴에 묻은 향기

가윤아, 가윤아
울지 말아라 가윤아.
'사랑'이란 언어로 포장한 선물이라고

저만치
밀쳐두고서도
시시때때 착각하는 어리석음에

머물렀던 자리엔
별꽃이 피고
상처 난 가슴구멍은
하란(荷蘭)으로 채운다.

보랏빛
아늘아늘한
풀이파리 흔들려서

전생인연

영원한 동반자라고 둘이 함께 걸으며
대리석 갈고 닦아서 정성스레 세운 기둥
석주교, 수많은 세월 흘러도 그대로 있네.

노니는 고기떼들 물결 헤적일 때
스치는 옷자락
어디선가 본 듯 만 듯한 모습.
허겁지겁 뛰어가서 물어본다.
"혹 저를 모르시나요?"
갸우뚱, 설레설레 고개 흔드는 그 사람이 서운하다.

그래도 머릿속에서 떠나지 않는
임의 발짝 소리.
이루지 못한 부부 인연이
언제 어디에 환생하여 살고 있는지
알 턱이 없지만
선연, 악연, 필연, 돌고 돌며
인간은 인연 따라 살아갈 뿐이다.
전생에 어디서 누구랑 살았는지는 모른 채로

꽃무릇

산에도 들에도 아직 잔설이 머물었는데
오라고, 오라고하며 춤사위 떨쳐대며
눈 시린 청람빛깔로 연지 찍는 너의 혼.

유리창 밖

미닫이 나무문을 열었다.
유리창 저 너머
마알간 하늘이 들어오고
햇살이 따갑게 퍼져도
나무들은 줄지어
내 시선
먼저 받으려고
아우성친다. 서로서로 뽐내면서

철쭉이 방긋거리면 초롱꽃도 인사한다.
석류꽃망울을 품고 모란꽃은 졌어도
야생화 매발톱은
남색 꽃잎에 하얀 선을 덧대어
흐드러지게 피고
바나나 여러 나무는 쌍둥이도 있는데
한 개만 봉오리를 맺었다.
여름엔 바나나 잎이 바람기 머금은
차양막이다.

뜨락에 꽃들이 흐드러지게 피면
화분들도 질세라 꽃향기 만들어대고
내 가슴
꽃마다 흘린 향기를 모아
한 땀 한 땀 수를 놓는다.
태산목
아기얼굴만한 꽃도
활짝 피기 일보직전이다.

이 꽃이든 저 꽃이든 꽃이면 꽃 모두가
제각각 다른 멋을 지녀서
볼수록 사랑스럽다.
눈 속에 넣어도 하나 안 아플
자식 같은 꽃

꽃 속에 이미 벌이 숨은 줄도 모르고
흰나비 한 녀석 맴맴 맴돌다가 그만
일인용 원목침대에서 달달한 낮잠에 빠져버린

이 오월,
나의 뜨락은
질펀한 꽃잔치로 몸서리를 즐긴다.

초롱꽃

그 한파에 함박눈 맞고도 잎이 건재하다
잔설 품었기에 윤기 더욱 흐르는 초록빛깔
꽃대궁 곧추세우고 심연에 잠들어 있다.

색시비 맞고서 이슬 지우는 새봄엔
자줏빛깔 흰빛깔로 꽃대궁이 올라와서
조롱조롱한 눈매로 꽃을 피우고
따사로운 햇살 받아 시계노릇도 하고 꽃종도 치고
별밤에는 청사초롱 불 밝혀 사랑놀이를 하고
무지개 향기 버무려 삼키느라
오래도록 입술 다문 채
하나 된 영원한 사랑 초롱꽃이여,
초롱꽃이여!

말벌

너 말벌, 천하 명당도 수두룩한데
왜 하필 나의 뜨락 태산목에 둥지를 틀었느냐?
야생화 보잘것없는 향기에 홀딱 빠져 찾아들었더냐?

녹음 우거진 나무 아래 자잘하게 자리 잡은
꽃들의 향연에 정신 팔린 채 석류 알 까먹고 잠들었다가
집주인 가지치기에 그만 둥지를 들켰느냐?

119소방대원들에게 둥지 빼앗겼다 원망은 말고
들키지 않을 다른 곳에다 둥지를 새로 틀러무나.
애당초 벌집이 머물 수 없는 나의 뜨락은 말고.

빙혼

설을 쇠고 났더니 나의 뜰에서
산호빛깔 진주빛깔
망울망울 봉오리마다
흰 눈 외투를 입히고서
입술 앙다문 채
추위도 업신여기며 배시시
봄소식 전령사 되어 햇살웃음 빼물었다.

나는 그저
추위 잊으려고 봄을 기다리는데
순결한 웨딩드레스 예복을 입고
깜짝파티를 준비하는
올 한해
내내 행복하라는
꽃종 울릴 종지기다.

산에도 들에도 아직 잔설이 머물었는데
오라고, 오라고하며 춤사위 펼쳐대며
눈 시린 청람빛깔로 연지 찍는 너의 혼.

* 빙혼 : 매화의 다른 이름

양귀비꽃

오월 실바람 타고서 나를 찾아 왔더라.
뜨락에 비집고 들어와 빠알갛게 꽃을 피우더니
나를 추녀라 비웃으며 자기는 미색이라고
으쓱, 으쓱거리더라.
내 시선 시리도록 붙잡아놓고
벌 나비 희롱하며 법석을 떨더니
며칠도 아니 되어서
꽃도 잎도 시들어버리더라.

아무리 추녀여도 고희를 바라보도록 살고 있는
노을 비낀 얼굴, 너하고는 안 바꿀라네.
아무렴.
현종 비 양귀비도
기껏 서른여섯을 못 넘기고
목매달아 죽었다더라.

마음의 꽃

날마다 꽃잔치를 했지
시들지 않는 바람꽃처럼

눈도 즐겁고 마음도 즐겁던 내 어린 시절
장독대 앞에는 순결의 상징 백합도 찬란하고
옥잠화 흑장미 다알리아 작약 채송화들도 기뻤고
봉숭아 꽃잎 따서는 손톱에 물도 들이며 뛰어놀았고

아침에 눈을 뜨자마자 꽃밭 먼저 보았지
조신하게 고개 숙인 할미꽃
라일락꽃이 흐드러지게 피어도
'내가 왔노라'하고서
도톰한 동백꽃잎에 입술 비빈 뒤에
노오란 실국화 향기에는 꽃잠을 청하면서

내 마음에는 언제나 꽃잔치가 벌어지곤 했지
봄여름 가을겨울 구별도 없이 피고 피어서

꽃바람

햇살 가득한 봄날
꽃바람 불어올 때
저 많은 꽃들 중에서 어느 꽃에 실려 오실지
마음 문 활짝 열고서 기다리고 있네, 나는

달빛그림자에 숨어 오시어
내가 빈자리 남겨놓고 잠든 사이
꿈에다 몰래 남겨놓으려고
임께서 좋아하시던
자목련 꽃 속에 살그머니
그 향기 적셔놓으셨나

울타리꽃

꽃무릇 _ 35

붉게, 희게, 발그레하게,
세상에서 제일로
고귀하고 순결한 자태로
보면 볼수록
민심처럼 태양처럼 타오르던
어릴 적 화단 울타리에 서있던 꽃, 꽃, 꽃!

무궁화 꽃이 피었습니다,
무궁화 꽃이 피었습니다,
철없던 대여섯 살 아이 적에 숨바꼭질 하면서
진드기 싫다 싫다며 엄마께 투정부리던 게 생각난다.

대한민국 이름표를 한 서린 가슴에 달고 있는
무궁화여, 울타리꽃이여.
이 나라가 존재하듯 화려하게 꽃피워라.
영원히 활짝 피어서 미소 지어라.

꽃무릇(상사화)

당신이 가신 날짜 얼마나 되었던가.
오마고 하신 날에서 일 년 훌쩍 넘기고
열흘 더 넘겨 오시느라 이슬 흠뻑 맞은 채
이파리 신발 너덜거려서
흙신으로 갈아 신으시고.

가실 때에나 오실 때에나 변함없는 모습
새빨간 옷단장 하셨구려.
환한 웃음으로 나를 품에 안아
날밤 새우며 회포 풀어주시고

삼일만 계시다 가신 그대여
꽃무릇이여!

보랏빛 향기

꽃무릇 _ 37

이별,
가해자는 죄지은 일 없다 발뺌하고
피해자는 참회하고
엉킨 실타래 풀지 못한 채 영영 이별했네.
시시비비는 하늘이 가려주실 일.
죄 없이 참회하던 피해자는
어쩌다 다시 태어날 응모권도 반환했네.

잡초 속에 몸을 곧추세운
풀꽃이어도 좋으리.
아침이슬 머금은 풀잎피리 불며
어느 잡초에도 상흔 주지 않고 자라길
염원하노라고

보랏빛 향기 채우리라, '하란'이란 별꽃으로.

사치스러움

철철이 회전하는 계절 따라
색색이 변하는 꽃 덕분에
내 눈이 사치로 물든다.

지평선 아슴아슴 파리하게 변신하는 들판 가에
코스모스들은 계절 까먹은 환상, 퍼레이드에 한창이고
떡갈나무 아래 잡목 틈서리에선 야생화가 웃음 날리고
전나무 우듬지는 공연히 바위랑 키 재기를 하고

내 실핏줄에 흐르고 흐르다가 멀어질수록
심연에 침잠하는 향기여 속삭임이여
영원히 지지 않을 꽃, 마음의 선물이여.

반짝 깨었다가 사르르 잠들었다가
바다에서 떠올라오는 태양빛에 몸을 맡기고
오월 조찬은 핑크색 조팝꽃 꽃잎으로
구월 만찬은 하얀 별사탕 만리향 향기로
신비한 오르가즘에 잡혀 가시버시 되는 중.

매미소리

떼 지어 울지 않는다고 한낮이 뜨거운 줄을
누가 모르리.
뜨락 나무숲에 숨은 채로 왁자지껄 노래하는구나,
쉼표도 없었나, 도돌이표도 없었나,
몸집은 서로서로 다르면서
노랫가락은 언제나 지겹도록 똑 같고
음정 박자도 딱 한 가지.
행여나 어깃장소리하면 내쫓는다고 누가
으름장이라도 놓더냐.

사방팔방 십육방을 들쑤셔놓는 너희들
길게 잡아야 이십일을 울기 위해
십칠 년 만에 땅을 벗어난다는
너희들 생을
사전에서 찾고 보면
그리도 우는 속을 알만도 하지만,
이제는 매미들아 제발, 잠 좀 자자. 자자꾸나.

고도의 산사에서

지리산 가야산 마주 보니 남덕유산
공기 맑고 가슴 확 트이는 저곳
은가루 휘저어 훨훨 뿌린 것 같이 반짝이네.

벌거벗은 나무도 총총한 솔잎들도
힘겹게 흰 눈을 이고 있다가
가끔가다 바람이 불면
꽃송이 눈꽃송이가 방울방울 날리는 거였네.

금계 포란 형상의 지면에서 바라본 덕유산 산등성이
하늘이 주신 선물 함박눈꽃송이 천사들
흩날리며 춤추고 흩날리며 합창하다가
솔가지 고개 숙이자 몸을 숨기신
안개 춤 곰실곰실한 수묵 산수화 한 폭
그 산사 뒤에 두고서 가다가 돌아보니

가로수
수은등불이
아스라이 멀어져가네.

태산목 때문에

이박삼일 굶었다.
전기톱 소리에 내 몸이 유린당하는 것 같아
눈물로 배를 채우며

60년 전부터 터줏대감이라는
160톤짜리 일란성 쌍둥이 태산목
연리지처럼 한 뿌리에 두 가지가 뻗었는데
이사 와서 잘라내려니 너무 커버렸다.
옛 주인이 조경을 하지 않아서
쌍둥이가 되었다는 태산목 그 무성한 잎들.
갓 태어나 방실거리는 아기 얼굴 크기의 꽃송이
삼백육십오일 상록수라도 낙엽도 줍는,
꽃말은 행운.
목련이 지고 나면
봄여름 계속 피는 우유빛깔 그 꽃.

옆집이 이사 오면서
낙엽 보기 싫다고 베어내라 요청했고

남편은 그러마고 했단다.
암만 보아도 아이 얼굴같이 천진한 행운의 꽃을
사정없이 다 뺏어간 일꾼들
태산목이 넘어지면서
모란꽃나무와 핑크빛깔 겹동백나무도 쓰러졌다.
나의 뜰을 무참히 할퀴고 짓밟아버렸다.

한쪽 어깨만 수술당한 샴쌍둥이처럼 우울한
태산목 섰던 자리, 허전함.
망가진 나무들 그 빈자리야
더 좋은 꽃나무로 채우면 된다지만
이 집에 이사 오고서 이십오 년을 동고동락한
그 시간이 남편하고 보다 더 길었던
나무들과 나의 뜨락을 보며
옆집이 야속하였다.
남편은 해상생활 365일 내내 못 봐도 참았지만
내 몸처럼 자식처럼
알뜰살뜰 밤낮을 함께 자고 함께 놀던 나의 뜨락

태산목 욱신거리는 상처는 차마 아물지 못했다.

전기톱 그 소리가 내내 이명증을 일으켜
이박삼일 굶었다.

달무리

파랗다
밤하늘 한가운데에서 달을
에워싸고 내 몸을 호출하는 그대에게
한 다발 눈물꽃을 바친다.
별자리 들러리 삼은 진심 어린 내 사연

먼 훗날
그대 다녀간 흔적으로
방울방울
뿌리시라고.

초승달

까만 밤
창밖에서 누가
나를 깨워 불러내어서
뜨락엘 내려가니
빠알간 철쭉꽃잎으로 분단장하고서
— 친구 하자 —
팔짱 끼면서
— 연인이 되자, 함께 거닐자 —
고독을 먹고 사는 자 위로한답시고
저 높은 곳에서 혼자
반달눈썹 다 뽑았노라 고백한다.

잔잔한 밤바다에 수정처럼 비친
여인, 그리고 달
남몰래 꽁꽁 숨겼던 이야기꽃을 피워낸다
무수한 국화문양 조약돌을 자근자근 밟으며

반달 1

저 하늘 언저리에 구름융단 깔아두었다가
해넘이를 기다리면서 한 꺼풀씩 접어올리고
깊은 밤 마중 나간다, 흰 웃음 베어 문 채로

휘영청 하늘 밝히다 구름마저 삼켜버렸나.
내 맘은 반쪽도 채운 동그라미, 보름달인데
도무지 간곳없어라. 새털구름 그 흔적이

반달 2

불 꺼진 창문 저 너머에서
반달이 뜨락을 엿보고 있다.
바나나 이파리는 석류나무 가지에 앉아 놀고
휘몰아치는 돌개바람은 자장가가 아니라며
태산목은 잎을 펼쳐 토닥토닥 이불 덮어주며
감기 들지 말라고 속살속살 하더니 어느새
저 먼저 숙면에 들었다.
빨강파랑노랑보라하양 채송화도
별같이 투명한 이슬 머금은 채로
은하수에 풍덩 뛰어드는 밤

메밀꽃 뿌려놓고서 반달은 돌아가고
이 마음 맑게 헹군다.
설국 피는 단꿈으로.

여름밤

창밖엔 별 하나 반짝!
별은 나를 보고 나도 별을 보고
빗이 되어 달라, 임이 되어 달라 호소하다가
오롯이 마음 못에 빠진 일상도 털어버린다

어린 시절 그 여름밤에
보릿대 짚불 놓고
멍석에 누운 아이들이 잠들 때까지
부채질하며 모기를 쫓아주시던 엄마 품이
그립다, 안기고 싶다 보채면서
달빛 아래 걸어가는 꿈을 꾸고 있었다.
어디가 어디쯤인지도 모른 채로 하염없이

안부

아버지,
그곳 하늘은 어떤 색깔인가요?
이승에선 결코 볼 수 없는 신비의 색깔인가요?
내 마음에 상상의 날개를 달고
저승 하늘빛깔 찾으러 여행길에 오릅니다.
아버지 너무 보고파 저녁놀에 먼저 올랐습니다.

"잘 살고 있지?"
다정다감한 목소리로 아버지가 물으셨고,
"아버지, 아버지, 아버지……"
딸은 아버지만 부르며 꺼이꺼이 울고
그러다 어느 순간에 아버지 모습이 아스라해지고

꿈이면 어쩌나 싶어서 두 눈 꼭 감은 채로
한 순간 만났던 그곳 저녁놀 낀 하늘을 그립니다.
정말로 꿈이 아니길 바라고 바라면서

어떤 섬

가슴에 어룽진 상처는
낙서로 토해내고
차마 뱉지 못할 사연은 똘똘 말아서
또르르 구르고 있다
은쟁반에 옥구슬처럼

얼음가슴

살아온 세월
칠십을 바라보며
상처는 바위굴에 밀쳐두고
침묵 속에서 밀어를 지켜주다가
세월도
눈물도
가슴조차도
얼음호수에 가두었습니다.

방울
방울 순수한
눈물이 되었다가도 알알이 얼어버리고
얼음은 눈물이 되고
눈물은 또 다시 얼음이 되어도 언젠가는 가야할
그 길목 모퉁이에 서서 울고만 있습니다.

모래톱

별빛 와르르 곤두박질하는 해변에서
서로 사랑하며 쌓아올렸던 황금빛깔 모래성이
한 마디 오해 때문에 소리 없이 무너진 그날

나는 그만 눈을 감고 싶었습니다.
가슴 한 가운데에 해조음이 풀어놓고 간
금빛 모래톱,
두고두고 가슴 아린 나의 성
알알이 물보라마다
희미하게 남은 흔적조차 지워버리고
사랑이란 단어도 삼켜버리고
되돌릴 약속도 없는
수초 사이를 헤집어가며 숨고 숨어도

샛별은 모른척하고 반짝이고만 있습디다.

상처와 기도

가슴에 어룽진 상처는
낙서로 토해내고
차마 뱉지 못할 사연은 똘똘 말아서
또르르 구르고 있다
은쟁반에 옥구슬처럼

지난 흔적 싹싹 지우고서 되돌아보면
어리석음은 현재진행형
참회와 감사의 발원문이 담긴 그릇을
띄웠다.
허공에 팽이 돌리듯
속세 떠난 수도자처럼
세월의 흐름에 역류하고파 몸부림치던
맑은 물 졸졸 흐르는 계곡의 폭포수처럼
진흙탕 마음의 때도 씻어서
남몰래 우는 시간.

삭발은 아니 했어도 행자승으로 살아가리.
아무에게도 들키지 않을

외딴섬

녹음 우거진 숲속
낮이면 나무 사이로 비치는 햇살 아래서
언제나 가지가지 새소리도 듣고
밤이면 빈궁마마 되어서
가슴에 절개 지키는 대나무를 키우는 내게
'깜비'는 목소리도 없이 다가와
꼬랑지로 쫑알거린다.

내 말을 낱낱이 들어주다가 땅거미가 내리면
호롱불 켜고 독서삼매경에 빠졌다가 잠든
내 손을 끄잡아 당기며 핥으며 발로 긁더니
어느새 내 팔을 베개 삼아 코골며 잠이 들고,

어디서 승냥이 소리가 나면 작은 몸을 곧추세워
악바리 근성 한껏 살려 무서움을 쫓아주다가
수평선 뚫고 떠오르는 해를 보고서는
나를 잠 깨우는 알람시계 나의 깜비.
키 큰 편백나무의 향이 코끝을 간질이는 아침

은은한 향기에 물든 두메산골 오두막집
텔레비전에 개가 보이면 너무 반가워
화면 속으로 달려 들어갈 듯 우왕좌왕 내달리는
참으로 텔레비전도 잘 보는 나의 깜비.

창호지 문밖으로 새어나가는 불빛마저도
보이지 않는다, 숲속의 집.
한 여인과 한 마리 강아지와
그리고 별빛만이 있어도
외롭지 않은 무인도.

빗방울

하늘이 잿빛이더니 먹구름 덮였다.
보슬비 보슬보슬
들녘엔 단비에게 감사하는 농부의 미소
초록 잎들은 목욕재계하고
바다도 달달한 빗방울에 취하고
임 보낸 아쉬움 달래려
우산 쓰고서 사각사각 모래톱을 밟으며

혼자 걷는 여인
보이질 않는 임의 흔적
눈물자국 밟히는 모래톱에 사연은 담겨 있고
옛 생각에 침잠하여 얼굴 머리 흠뻑 적시고
그 눈물 빗방울을 감추네,
빗속의 여인이 되어

비 오시는 날 백사장엔 관객 하나 없어도
혼자만의 무대출연에 심취하였다.
끝없이 걸어가다가

그 밀물 들어올 때에 되돌아오는 발걸음.
옷에는 빗방울만 대롱대롱 맺히고

냉커피

태양이야 대지를 열병 앓게 하다 심심하여
고색창연한 나의 뜨락까지 열탕으로 이끌든 말든

바쁜 일손 멈추고 무더위 피하시라 휴식하시라
오색 채송화 중에서도 제일로 흰 꽃에
숨겨둔 그대 얼굴
냉커피 투명한 얼음조각에
알록달록 요란한 꽃잎 동동 띄워

부시게, 눈이 부시게 그대에게 바치리라.

가슴속 빗물

아무도 훔쳐 볼 수 없습니다.
가슴에서만 흐르는 빗물이라서
태연한 눈빛인 채로
흔들리지 않는
빗방울은

가슴에서 흐르는 눈물은
고일 수밖에 없지만
담을 그릇이 작아도
눈물방울은
한없이
고무풍선처럼
부풀어
터져버린답니다.

이슬

저승으로 떠나버린 그대, 유언도 없이
하얗게 비워진 가슴에 꽃씨를 뿌려놓고
누구도 넘볼 수 없게 싹틔워 키우라고요?

사랑 받아 잉태된 한 송이 꽃 보이시나요?
하늘에 님바라기 하고 있는 내 모습도
보이시나요?
그대를 꼭 닮은 눈부신 꽃
가슴 깊이 숨겨놓고서 소태빛깔 눈물을 뿌렸더니
이제는 이슬로 열린 우리 사랑의 결정체.

님바라기

시름시름 애만 끓이고 떠나버린 그대
걸음걸음 밟으시라고 비단길 펴놓았소.
행여나 다시 오실까, 기다리는 마음으로.

내 속에 얼음바위 만들어놓고서 울음으로
한 글자, 한 글자, 편지를 새겼더니
사르르 얼음 녹으며 바람꽃으로 사그라져

지워도 지워지지 않는 주홍글씨 쓴답시고
아무리 흘려보내도 마르지 않는 눈물 펜으로
날마다 님바라기를 하고 있네요, 나는

사모곡 1

어머니,
하늘나라에서도
지평선 내려다보고 계시지요?
새벽부터 눈 뜨시고
어머니께서 놓아주신 징검다리는
화려하진 않아도 순박했습니다.

질곡의 삶을 살면서
엄마 가슴으로 행동으로 거쳐 간 가족이
얼마나 많았었는지 하도 많아서 다 기억은 못하서도
이 딸은 다 기억한답니다.

제가 태어나기 전 할머니랑 백부님이랑
세 살 다섯 살 남매 남기고 가신 백모님.
시동생 둘 앞세우고 부모 없는 남매 키우시고
삼촌댁 두 조카 병수발
그 자식들이 생존해있는데도 화내지 않으시고
묵묵히 조카들의 어미노릇을 하신 울 엄마.

세 살에 홍역 앓다 간 자식 가슴에 묻고
큰 집 오는 조카들 차별 없이 간병하시더이다.
아버지 가시고 당신 배 아파 낳지 않은 자식들
보살피며
파란만장한 세월 사시다 가신 어머니의 징검다리
사촌들이 더 울 엄마를 그리워합니다.
큰며느리 세상 뜨자
졸지에 맏며느리 노릇 하시게 된 울 엄마.
아들 못 낳는 여자라는 구박도 참아내시며
마음으로 놓아주신 징검다리는
대리석보다도 빛났습니다.

안전하게 엄마 가슴을 밟고 간 가족들은
어머니의 징검다리를 잊지 못합니다.
그 순결, 그 따사로움, 그리고 참을성과 묵묵함.
사랑하는 울 엄마……

둘째딸 올림.

사모곡 2

너무 보고 싶어요.
꿈속에서만 말고 현실에서

간밤 꿈에는
둥근 보름달 아래
주름살도 하나 없는 앳된 새댁같이
동백기름 바르시고 인자한 웃음으로 오셨기에
엄마, 엄마, 부르며 한 말씀 하시라고
아무리 애원해도
그 자리에 서 계시기만 하더군요.

저세상 그곳에서는
아들 못 낳아 서럽던 한을 혹 푸셨나요?
후손들을 위해서 기도책도 읽고 계시나요?

엄마가 머무르시던 딸네 집엔
절약과 검소함의 흔적이 고스란히 남아있습니다.
멀쩡한 물건이라도 싫증나서 버려놓으면

어느새 엄마가 주어와 깔끔하게 씻어서
제자리에 놓아두셨고
딸은 또 내다버리고
엄마는 또 살짝 갖고 들어오시고
치매도 아니신데
버리면 주어오고
버리면 또 주어오시고……,
버려야 하는데 버려야 하는데, 하면서
딸은 성질을 내고,
사위가 나서서 엄마를 변호하는데
'아직도 쓸 수 있어서 주어오신 거야. 딸 잘 살라고……'

아무리 주어오시더라도
아직은 이승에 남아계시길 바랐는데…… 엄마.

사모곡 3

엄마가 가꾸시던
옥상 채마밭에서 내려오다 그만
계단에 굴러 떨어졌는데

이마를 스물일곱바늘씩 세 겹이나 기웠어도
천만다행으로 머리도 멀쩡하고 눈도 멀쩡했습니다.
엄마가 가꾸시던 옥상 채마밭,
이제는 엄마의 사위가 가꾸는데,
푸성귀 돌보아주면서 장모님 생각한답니다.
여름밤 엄마가 사위 다리를 베고 누워 잠드시던
마당의 평상도 사위가 잘 보관하고 있습니다.

가시던 날 아침엔
미음도 못 드시던 엄마가 그러셨지요.
'아버지 오셨다 밥 차려드려라.'
그 밥이 이승 하직 식사인 줄은 정말 몰랐습니다.
5분 전까지만 해도
또록또록한 목소리로 이야기를 나눴는데……

‘엄마, 다시 오세요. 진수성찬 차려 드릴께요.’
아버지랑 함께 오서서 손녀사위의 큰절도 받으셔야죠.
오서서 꼭 제 이름을 불러주세요.
‘우리 작은 딸 가윤아……’ 하고요.

사모곡 4

천국에서는
구렁논에 빠지지도 마시고
등에 진 농약통도 내려놓으세요.

누렁소 세 놈 중 한 놈은
외양간이 비좁아서 죽고,
한 놈은 길을 가다 감전사고로 죽고,
한 놈만 '항우'라는 이름으로 남게 된 일을,
엄마, 이제는 애통해 마세요.
성모님 품에서 편히 쉬셔요.
사랑하는 나의 엄마.

이 딸도 당신 닮아서 아들 못 낳을 줄 알고
노심초사하시다가
턱하니 외손자가 나오니
너무 행복해하시던 엄마.
늘 형수의 하소연을 듣고 위로해주시던
엄마의 버팀목 작은아버지도 돌아가셔서

그나마 의지할 곳도 잃어버리셨던 나의 엄마.

딸이 아르바이트하고 늦으면
도로변까지 나와서 기다리시던 엄마
주룩주룩 비가 내리던 어느 밤,
엄마 몰래 아르바이트를 하고 돌아오다가,
엄마 인생 너무 슬퍼서
문화회관 뒷길에서 펑펑 울고 있는데,
남편이 찾아와선 그랬지요.
'장모님 쓰러지셨어.' 하기에 나는
화들짝 놀라서 소낙비 오는 거리를 줄달음쳤는데
다행히 딸자식 걱정에만 애달파하고 계시던 엄마를
보고, 휴~ 한숨을 쉬었었지요.

여든여덟 엄마의 한평생은 몇 권의 책으로도 부족합
니다.

엄마의 잔소리가, 그 타박이

아무도 못 말릴 자식사랑인줄을
자식이 자식 키우면서야 깨달았어요.
어쩌다 사진첩을 들여다보면
꿈에라도 엄마를 만나게 되길 빌며 아쉬워합니다.
다시는 몰래하는 알바 그거 안할께요.
걱정 안끼칠께요.
사랑하는 나의 엄마, 천국에서 편안히 쉬고 계세요.
술지게미 얻으려고
달밤에 술도가에서 줄서기도 하지 마세요.
애광원 뒷산 돌아다니며 나무하는 것도 그만 두세요.
다시는 주책없이 흐르는 눈물, 보이고 싶진 않습니다.

작은 딸 가윤 올림.

강물

작은 돌멩이 수초 사이로 흐르는
또랑물이 모였다, 시냇물 되었다,
그리고 강물 되었다.

아픔도 외로움도 그 상처조차도
기쁨으로 환생하는
조건 없는 아가페 사랑
검고 깊은 포용의 품에
힘차게 고기떼 노닐고
얼음 얼면 강태공의 요람이 되고
감탄과 환희에 날뛰는 아이들은
꿈도 함께 나누고

강물아,
아픈 이의 벗이 되어 흘러 흘러라

갯버들

내 고향은 거제 장승포읍 능포리.
우리 집 건너편에는 위채 아래채가 있는
'대문집' 그 집에서 일어났던 실화인데요,
들어보세요.

노을 진 언덕

아침에 집나온 햇덩이는
조개구름 앞세우고 한 발짝 한 발짝
노을치마 밟으며 서산 언덕배기로 가고 있네.

농부들 땀방울 식히는 들녘엔
하늬바람결 일고
날랜 걸음이
가축들을 외양간으로 몰아올 채비를 하는 시간.
하루의 마지막을 불태우고서
낙조가 그림자를 남길 때쯤
농부와 가족들은 안식처로 가고
노을 진 언덕에서는 땅거미도 함께 지고

흰 털북숭이는 제집 찾느라고 우왕좌왕 걸음이 날래
다.
풀벌레 잠들 즈음이면 들판 곡식들도 잠꼬대를 시작
하고,
은구슬 조롱조롱 맺히겠다, 아침이면 곡식들 머리에

학교는 계급장

내 고교 때 아버지는 내게
공부하라, 하라 하셨지만
농사가 많아 혼자 감당하기는 힘들어서
소를 빌리러 가고 노상 품앗이를 하는 판이라,
엄마는 품삯 아끼려고
자갈길 왕복 4킬로미터를 오가셨다.
하교시간쯤 되면 산모롱이를 돌아서 더 걸으셨다.
딸이 돌아올 길목을 지키시느라
왕눈이처럼 눈을 부릅뜨시고서.
딸 마중 하느라고 일도 제대로 못했다고
괜스레 투덜대시던 엄마

숙제는 밤에야 겨우 했기에
학교 공부시간엔 일쑤 졸았다.
엄마와 나,
두 여자가 사는 기와집 아래채 양철지붕에서
사춘기를 모르고 살아온 순진한 여고생은
날마다 누렁소 '항우'를 돌봐야 했다.

독서를 좋아했던 소녀는
한국문학전집과 세계문학전집도 탐독했다.
일본 여류 미우라 아야꼬의 <빙점>을 세 번 읽었고
헤르만 헷세의 <데미안>은 네 번이나 탐독하였다.
학교 공부는 '가정'과 '성경'과목만 잘해서
성적은 늘 중간에 머물렀다.
직장 다닐 때는 펄벅의 <대지>를 읽었는데
중국에서 농사짓는 일과
메뚜기의 극성스러움이 인상적이었다.

인건비 아끼느라고
딸에게 농사일만 시키시던 엄마는
일만 하시다 돌아가셨다.

야유회

중고교시절의 봄가을 야유회가 생각난다.
애광원* 뒷산에서 해마다 벌어지던 행사,
한 학년에 두 반. 남학생 100명에 여학생 20명.
도시락 싸오기 힘든 급우가 결석해서
마음은 아팠지만
경사진 곳도 힘들다는 말 한마디 없이 산행을 했다.
산에 오르다가 잔디밭을 만나면
장기자랑이 벌어졌는데
가곡, 가요, 팝의 독창 무대였다.
노래, 하면 타의 추종을 불허하던
단발머리 여고생 내 친구가 노래하는데,
갑돌이와 갑순이는 한 마을에 살았더래요~
둘이는 서로 서로 사랑을 했더래요~
그래서 왁자한 박수갈채 특히나 많이 받았다.
기독교재단 학생인 우리는
일주일에 한 번씩 단체로 교회엘 갔고
수업에는 성경시간도 포함되어있었고,
단체로 아양*에 송충이 잡으러 가기도 했다.

벌써 45년이 지난 고교졸업식
다시는 돌아오지 않을 그 순간도 그립다.
여울져가는 강물처럼
나이를 속일 수 없게 머리카락도 희끗희끗한 지금
새삼스레 주마등처럼 스치는 그리움이다.

* 애광원 : 6 · 25 이후 거제도 옥림마을에 생긴 고아원.
* 아양 : 지금은 조선소가 세워져 있다.

슬픈 기억

중3시절 장마철 어느 아침
등교하자마자 아비규환 사태가 벌어져 있었다.

학교 운동장 맞은편에 황토 민둥산
굴속에 우물이 있었던 그 주변은
90프로가 6·25피난민 주거지역이었다.
아침 밥상머리에서 즐거운 대화를 하던 그들은
출근 준비 등교준비에 부산하게 움직이던 그들은
단 10초 사이에 마을을 덮친
민둥산 산사태에 깔리었다, 흙더미에 깔리었다.
아수라장이 따로 없었다.
건물 잔해들이 운동장까지 밀려들었다.
비명 지를 틈도 없이 마을의 집들이 토사에 밀렸다.

사망 60명, 중경상 다수……
일찍 등교한 선후배 6명은 경상.
라디오에선 중계방송이 연이었다.
흙더미에 깔려 숨이 멈춰버린 모습,

하얀 보에 덮여 병원으로 이송되는 모습.
그즈음 처리장비도 미흡한 현실이어서
거의 인력으로만 건물 잔해들이 처리되었는데,
그 참사가 지금도 나를 떨게 한다.

그 후 우리들은 화장실 가기도 무서워서
반드시 짝지어 가곤 했다.
때로는 등교하기 자체가 무섭기도 했다.
새로운 길이 생기기는 했어도
툭하면 빙빙 돌아서 등하교를 하였다.

그 참담한 6·25를 겪으면서
그래도 살아보겠다고
머나먼 거제도에까지 피난 오셨다가
하루아침에 참사를 당하신 그 분들께 새삼
국화꽃 한 송이를 바치며 기도한다.
평안히 쉬십시오.

교정을 뒤돌아보며 1

고교 졸업한지도 반세기.
장승포 읍사무소에서 1Km쯤 한 쪽엔
거제중고등학교가 기독교 재단,
또 1Km쯤 한 쪽으론
해성중고등학교가 천주교 재단
고교 배구는 경남도대회서 쌍벽을 이루는
두 학교.
일 년에 한 번 가을체육대회 땐
스포츠머리 체육선생님의
지독한 수업이 힘들고 괴로웠는데,
곤봉체조는 더더욱 고역이었다.
양손가락 사이에 곤봉 한 개씩을 끼우고 돌렸는데,
손가락에 물집이 생기고 터져도 아랑곳없이
곤봉체조 연습은 강행되었다.
곤봉 끝에 오색천을 달아 군무를 펼칠 때는
음악과 함성이 함께 터지고
배구, 피구, 뜀틀, 달리기…….
운동장이 크진 않아도 못할 게 없었다.

졸업 후,
결혼하여 부산에 오니
그 체육선생님이 바로 이웃에 살고 계시는 게 아닌가!

교정을 뒤돌아보며 2

　시험에 합격해야지만 중학교에 입학할 수 있었던 그 시절
중학교 여학생은 흰 블라우스에
양 어깨로 끈을 넘긴 감청색 주름치마가 하복이었고,
동복으론 포플린 블라우스에 구렛빠 스커트를
검정색깔로 차려입었었지요.
그리고
고교 때는 흰 블라우스와
감색 후리아스커트를 입었고,
모두들 흰 끈이 있는 운동화를 신어야 했죠.

　반세기 전의 교복을 돌이켜보며 아련한 추억에 잠깁니다.
일기예보란 말도 들어보지 못한 때라서
하교 시에 갑자기 비가 오면 여학생은
흰 블라우스가 흠뻑 젖어 속이 훤히 보이곤 했죠.
그 시대 여고생이시라면 아마 한두 번은 겪어보셨을 터.
집이 가까운 곳에 있다면

부모님이 우산을 가져오시곤 했지만 집이 멀다면
꼼짝없이 물에 빠진 생쥐 꼴이곤 했답니다.
이렇게, 할머니가 되어서도 마음은 여고생이네요.

미국이 최초로
아폴로 우주선을 달나라에 착륙시켰던 내 고교시절.
그땐 학교에 휴교령이 내렸었답니다.
세월이 암만 흘러도
학창시절 기억은
새록새록 다시 살아나네요.

그 의자에 어울리지 않는 체격인데도
지금 당장 앉아보고 싶은
교실에서 친구들이랑 도시락 먹던 생각이 나네요.

은근슬쩍 만화방 출입에 재미 붙이던 여학생도 있었고,
머리에 스카프를 쓰고 변장하여
청소년 관람불가 영화를 보러 가는

용감한 친구도 있었는데요,
단체로 관람했던 독립군 영화.
그 영화에 주연을 맡았던 배우들이 지금은
거의 이승에는 없네요.
아카시아 꽃이 필 때만 기억나는 청춘극장,
독립군 병실, 간호사 부인, 삼각관계,
아아아, 그런 이야기들을 주섬주섬 꽃피우다보면
단체관람 못 간 친구는 발을 동동 구르곤 했지요.

갯바위

갯바위에서 홍합도 캐고 톳도 뜯고
함부로 손 넣으면 위험하다는 걸 염두에 새기고서
고둥을 잡고 있다가 보면 밀물이 들기 시작했습니다.
파알짝 건너뛰어서 또 다른 갯바위를
딛고 디뎌 뭍으로 걸음을 옮깁니다.
바구니 가득 담겨진 해조류를 머리에 이고
오솔길 오를 때에는 양쪽 길섶 풀꽃들도
한 바구니 채웠느냐고 슬며시 물어옵니다.
“미안해, 전복은 해녀들 몫이야.”

조심조심 따온 그것들을 솥에 넣고 삶으면
시원한 홍합 국물에 고둥 까먹는 재미가
참으로 쏠쏠하였습니다.
둘이 먹다 하나 죽어도 모를 만큼

인연 따라 가는 법

내 고향은 거제 장승포읍 능포리.
우리 집 건너편에는 위채 아래채가 있는
'대문집' 그 집에서 일어났던 실화인데요,
들어보세요.

옛날엔 황소 매매시장이 마산에 있었는데
그곳으로 배 타고 가서 황소를 팔고 왔는데,
그런데 하룻밤 자고 났더니
팔고 왔던 황소가
외양간에서 지쳐 울고 있었더랍니다.
기절초풍할 일이었다지요.
그 밤에 마산서부터 바다를 건너
거제 능포까지 사투를 벌이며 헤엄쳐 왔을 줄은
상상도 못했으니까요.
수백 킬로나 되는 머나먼 바닷길을 무슨 수로 왔을까
아연실색하다가 대문집 주인은
기어이 소를 끌어안고 목을 놓아 울었더랍니다.

인간도 아닌 소가 어떻게 뱃길을 더듬어 왔을까요.
달님이 도왔는지 용왕님이 도왔는지 알 수는 없어도
인연 따라 가는 법을 알고 있었을지도 모르죠.

그 용기, 어찌 한마디로
짐승에게서 나왔다 하겠는지요.

누렁소

암소는 울음소리로 교배신청을 한다는데,

60여 년 전엔 암소 한 마리 값이
논 몇 마지기 값이었대.
쌀밥 먹는 집 아니면
암소 한 마리 키우기가 너무 고달파서
암소는 그렇게 고가품이 되었대.
암소 한 마리 빌려서 일 년을 키워
송아지 낳으면 암소만 본가로 보내고
일 년간 키워준 공으로 송아지를 챙겼대.

아침이슬이 사라지자마자 어린 목동들은
언덕배기 풀밭에 소를 묶어놓고 등하교를 하였대.
소가 풀을 뜯는 동안에
계집앤 독서나 뜨개질,
머슴애들은 자치기놀이를 하였대.
누렁소가 고개 푹 숙여 풀을 뜯고 있어도
소년들은 어느 소가 자기네 소인지를 구별하였대.
딸라랑~ 워낭소리만 들어도 단박 알아맞혔대.

농한기엔 집에서 여물을 먹이고,
농번기엔 풀을 먹이고,
해가 저물어 소몰이를 할 때는
고삐를 안 잡아도 소는
워낭소리 짤랑이며 외양간을 찾아들었대.

소의 임신기간은 인간이랑 같아서
열 달 만에 출산한다는데,
태반을 먹어야만 다음 해에 또 출산할 수 있다대.
위가 네 개라서 영양분을 충분히 저장했다가
되새김질을 한다네.
송아지가 태어나고 태반을 걷어내면
송아지는 곧바로 일어서서 걷는대.
앙증스런 아기 마냥
뒤뚱뒤뚱 걸으면서 어미젖을 빨던 그 모습이
지금도 눈에 아른거려서 당장 뛰어가고 싶네.
그리로.

차압 쌀, 떠억!

기나긴 겨울밤을 쨍강쨍강 가르는 소리
차압 쌀, 떠억!
매서운 갯바람도 마다않고 소년이
언덕배기 산모롱이를 돌아 나와 마을을 돈다.
자갈밭 재를 넘으면서는
몇 개를 더 팔아야 본전 건질까 생각하며
달을 향해 외치는 소리
차압 쌀, 떠억!

문풍지도 바르르 떨게 하는 그 소리
어머니는 자식새끼 맛난 것 먹이고 싶어
황급히 대문 밖으로 나가서 찹쌀떡을 사오셨다.
먹고 싶은 마음 굴뚝같아도
이불을 머리끝까지 덮고 자는척할 친구를 생각하면
내 행복 너무나 미안했지만

달밤이면 더욱 신나게 외쳐대는
차압 쌀, 떠억!

60년 전에 먹던 찹쌀떡 그 맛이 그립다.
해맑은 물결 찰람대는 바다,
내 고향이 그립다.

고향 가는 길

거제대교 아래로 파도 헤치고서
부모 형제들 만나러 가던 일이
오히려 꿈같아요.
쾌속정, 여객선에다 몸을 싣고 가던 시절

거가대교 생기고서는
이제
거짓말같이 쉬워진 고향 가는 길
바다를 가로지르는 사장교를 달려
통들이 섬 하나로 이루어진
휴게소를 한 바퀴 둘러
별똥별 블랙홀로 빠지듯
수족관 아닌 침매터널로 돌진할 땐
바다 밑 도로,
그 터널 위에서 뱃고동소리가 나겠던데요.

스르르 눈을 감고 음악 들으며 착잡하게
어릴 땐 달나라 이야기인양 멀었던

바다의 요새 주인공이 됩니다.

거제도, 섬은 섬이지만 섬이 아니고……

봄날

수평선 저 멀리 작은 섬들이 손짓하는
화창한 봄날 바다는 쪽빛
여객선 갑판 위에서 소녀는
긴 머리 흩날리면서
배가 낳는 물보라를 내려다보네.

거제에서 부산 가는 길은 두 시간을 잡아먹고
끼룩끼룩 갈매기는 오거니 가거니 날아다니고
어느새 화가가 된 소녀는
바다풍경 한 폭을 가슴에 그려 넣고.

거가대교 생기고 나서 세월의 뒤안길로
숨어버렸네, 추억의 여객선
검은 머리칼은 백발이 코앞이고
잠시잠깐도 기다려주질 않는 시간, 시간들이지만
거제도 쪽빛 바다는 포근히 그 소녀를 반겨주리.
늙어가는 소녀를.

앗나탕

세월은 유수같이 흐르고
인생도 덧없다 하며
태양은 서산마루에서 기웃거리고 있네.

수학여행

쌍둥이 외손자를 본,
진짜 할머니가 된 기념으로 회한에 젖어봅니다.
65년도이던가,
중학교 3학년 우리는 수학여행을 갔었지요.
소풍도 아니고 수학여행,
그것도 난생처음의 서울구경이라
어찌 그리도 마음이 설레든지
가기 전날에는 밤새 한숨도 못자고 뒤척이었지요.
참으로 익숙해져 있던 배타기는 말고,
난생처음 기차타기를 하고 도착한 서울.

숙소는 서울 관철동, 서울사람들이 쑥덕거리는데,
거제도가 축구공을 차면 공이 바다로 골인할 만큼
작은 섬인 줄 알았더라나 뭐라나.
지금 생각하면
그 서울사람들이 참 무식했다는 생각이 들어요.
섬은 섬을 돌아 연연 칠백리,
굽이굽이 스무백리 충무공의 그 자취,

갈곶이 해금강은…… 이란 거제군가에도 있듯이
거제도는 대한민국에서 제주도 다음 가는
큰 섬인데 말이어요.
두 군데 조선소가 생기면서는 땅도 더 넓어진,
지금은 거제시로 불리는,
거가대교까지 놓여서 섬이 아닌 섬인데 말이어요.

우리는 구중궁궐 창덕궁도 구경하고
경복궁도 경회루도 구경하고
아아아,
남산에서 케이블카를 타고
서울 시내를 한눈에 내려다보던 그 순간이
지금 떠올려도 짜릿한 흥분이 소름처럼 돋네요.

숙소에서는 외출을 삼가라는 지시가 내려졌었지요.
길을 잃으면 낭패였으니까요.
그래서 선생님은 삼박사일 내내 조바심 치셨지요.
반세기가 흘렀지만

수학여행 때에 보았던 고궁들이
잘 보존되어 있어서 다행이네요.
어처구니없게 불탔었고
지금은 보수가 완공시점에 와있는
남대문 말고는 말이에요.

세월을 회전할 수 있다면 1

고희를 코앞에 두고 살면서
허황된 꿈을 꾸어봅니다.
육십오 년을 뒤돌아보니 내 꿈은 사실
송두리째 부서져버린 빈껍데기입니다.
대학도 가보고 싶었고
직장도 내 인생의 꿈과 연결 짓고 싶었습니다.
그런데 부모님께 볼모로 잡힌 셈이었지요.
암울했던 내 스무 살 꿈 많던 그 시절
우리집은 경제적인 여유는 충분했지만
저축 개념이 부족하였죠.
지금 내가 그 이십이라면
나 혼자 여행하면서 이방인도 되어봤을 텐데요.
결혼, 그리고 가정이라는 울타리에
묻혀 살아온 세월이 유수같이 흐른 지금
돌아갈 길이 더 짧아진
내 인생 사위어가고 있는 지금에 와서야 후회합니다.

더도 말고 고교시절 그쯤으로 돌아갈 수만 있다면
물론 대학도 가고
암벽 타기도 해보고
흐르는 구름처럼 여행도 해보고
내 고향 몽돌밭에서 수영도 배웠을 테고
8척 장신의 팔로 한 아름씩 되는 소나무 숲도 거닐며
삼림욕도 하고 그 흙도 밟아가며
맑은 해조음에 흠뻑 젖어서는
장군바위 넓은 가슴에 누워 파란 하늘 쳐다보며
구름 속에서 어떤 꿈무늬 형상들도 찾고
음악도 들으면서
나만의 자유를 누렸을 테고
솔향기 가슴에 가득 담아
오래오래 음미할 텐데 말입니다.

세월을 회전할 수 있다면 2

그래도 내 꿈은 반은 이루어진 셈이다.
십자수 작품 백 점.
스텐코바늘 뜨개질 대, 중, 소, 합쳐서 오십 점.
더블 침대커버는
풀을 먹여 꼬들꼬들 말랐을 때에 자근자근 밟아서
꼼꼼하게 다림질하여 시원한 여름 잠자리로 만들고
한 땀 한 땀 수놓은 소품들을 선물용으로 쓰기도 했지만
최고작품은 십자수 3점
두 번째 시집 <회상> 삽화로 그것들이 쓰였다.

직장 다닐 때에 야근 할 때면 새벽시간이
온전히 공부시간이었다.
그때 나는 시를 끌쩍이면서 시인이 되기를 갈망했다.
알뜰하지 못하여 저축은 별로 없기에 후회스럽지만
내 다시 태어난다면 짠순이가 되리라 다짐해본다.
어려운 이웃도 돌아보면서
이 세상에 필요한 인간으로 살리라고.

뜬구름

세월은 유수같이 흐르고
인생도 덧없다 하며
태양은 서산마루에서 기웃거리고 있네.

먼 산은 생명감 넘치는 청춘색깔
산의 발치는 어디쯤 가서 발자국을 찍었나
널따란 바위에 서서 목청을 높여보네.
내 안의 어두운 그림자 모조리 걷어가고
저 햇살 내 온 몸에다 부어달라고 말일세.

확 트여놓은 가슴에 태양빛마저 들어와
새소리랑 더불어 새 생명 불어넣고서
붉은 죄는 훌훌 털어 불살라버리고서
산꼭대기에 서니 모든 것이 눈 아래 아니냐고
목적지 없이 흐르는 구름에게 묻고 있네.

구름아, 어떤 형상을 만들며 떠나갈 것인가.

길손

가시는 길목에서 잠시 산천을 둘러보소서.
그대가 반한 풍경은 화폭에 담으시고
힘겨이 걷는 노인을 만나면 담소를 나눠주시고
배고파 보이는 나그네를 만나면
당신의 배낭에서 적으나마 먹을 것을 주시어
허기를 면하게 해주소서.
가슴에서 노랫가락이 절로 흐르리다.
혹 동행을 만나면
그의 한숨 섞인 하소연도 들어주시면
서로가 마음에 위로를 얻을 겁니다.
가슴 깊이 묻어두었던 이야기라면
당신도 듣고 가슴에 묻으십시오.
침묵하십시오.
걷기 불편한 장애인을 만나면
당신의 손을, 어깨를 기꺼이 내어주십시오.
먼 여행길에선 천차만별의 행인을 만나는 법.
자신을 낮추고 배낭을 비우게 되면
오히려 귀중한 보물을 채우는 여행길.

가시다 피곤하시면 정자나무 그늘 아래 쉬어 가시구
려.
보약 같은 약수 한 바가지 들이키면서.

갈바람

오색 단풍에 새겨진 사연들이
가을비 흠뻑 맞고서 나뭇가지에 달려있다.
넋 놓고 넋을 잃고서 마냥 매달려 있다.

추억 하나 떨어져 너덜거리며 밟히고 밟혀서
폐부까지 할퀴어 심연으로 풍덩 빠져 잠든
갈바람 휩쓸어간다
어디로 가는지도 모른 채
흩으며 흩날리면서 그대도 가고 있다.

추억으로 가는 연인들

추억은 가슴에만 잠자는 것.
그 자리엔
정신줄조차 놓아버린 취객 밖에는
아무도 없습니다.
아무리 깨워도 좀처럼 일어날 줄 모르는
그를 두고
되돌아봅니다, 첫 만남의 그곳.
하늘엔 조각달만 기울어가고
이름 모를 별나라에서 허위허위
서로를 찾아 헤매는 연인들

한 번 떠난 자리는 다시는
되돌아오지 않는 줄 알지만
가슴속 깊은 곳으로
추억여행 떠납니다.

추억여행

머릿속에서 슬픈 기억이 소용돌이칠 때는
부딪히지 마세요
즐거웠던 기억 찾아내어 추억여행을 떠나세요.
확 트이게 가슴을 열어두면
쪽빛 바다에서 미풍이 불어올 거예요.
간혹 어느 밤바다 풍경이 들어오면
슬픈 추억은 썰물에 밀려가고
아름답던 추억만 밀물에 밀려올 거예요.
주저리주저리 열린 작은 보석들
즐겁던 추억만 가득 새겨지게 되는 거죠.

내가 지고 갈 무게만큼 지게가 무겁다고 생각되면
굵은 땀방울이 비 오듯이 쏟아질 테지만
마음에 새겨진 좋은 결실의 보석상자가
당신의 가뿐한 동반자가 될 거예요.
호탕하게 웃으시며 벗하세요.
고통을 털어내시고 허심탄회하게

이야기꽃을 피우시다 보면
즐거운 꽃길여행이 될 거예요
목적지까지.

알사탕

초등학생 때
학교에서 집으로 돌아가던 길

자갈길 밟으며 천방지축 친구들과
들에 물결치는 벼들과 고추잠자리들과
함께 걷다가 뛰다가 쪼르르
언덕배기 구멍가게에 발을 붙였다
캐러멜 또뽑기는
껍질을 뜯어 동그라미가 나오면
한 개 더 받지만
알사탕 한 개씩을 사서 입에 물었다.

친구들은 다 깨물어먹는데
내 알사탕은 입안에서 동글동글 구르기만 하였다
조금씩 아주 조금씩 사탕을 빨며 사탕을 굴렸다.
뱉어 봐!
친구들이 놀리도록
내 알사탕은 더 이상 녹지도, 깨어지지도 않는 거였다

따가운 햇살 아래서 친구들은 내 입만 바라보고,
나는 알사탕을 끄집어냈다.
그런데 구릿빛 10원짜리 동전이 들어있었다니!
횡재다!
거친 숨 몰아쉬며 동전을
주머니에 쏙 넣어버렸다.

다시금 알사탕을 사서 나눠먹었으면 좋았을 걸……
옛 친구 만나서
철없던 그 시절 이야기를 나누다 보면
욕심쟁이! 라는 내 별명이 저절로 튀어나오곤 한다.

위문편지

홍매화 꽃수 놓아 입고서 덩실덩실 춤추리라.
기름등
한지에 곱게 새긴
내 인생 꽃잎과 낙엽들은 화폭에다 남기고

인생 여정

내가 원하는 삶은 어떤 색깔이었을까.
회한에 젖어 뒤돌아보며 아픔을 쓸고 있다.
내 인생 살얼음판 디디던 구석구석을 걸어간다.

가을꽃에 어우러진 나뭇잎
내 인생길 어느 모퉁이에서 나부끼는 이파리들에
한 글자 한 글자 새겨놓은 열망들이
한 잎 한 잎 지고 있는, 떨어지고 있는
갈데없는 노을빛 낙엽색깔, 그뿐이었을까.

빛바랜 화려함으로
미소 짓는 인생의 가을이여
내 삶의 여정이여.

삶

인고의 세월
무슨 수로 걸어왔기에
지금의 내가 존재하는가.
한 치 앞도 가늠 못하는 게 인생이지만.

모진 풍파와 싸워 이기는 자,
어떤 어려움에 부닥치더라도
슬기로움을 발휘하는 자.
눈앞에서 벌어지는 시련을 잘 극복하고
당당하고 힘찬 깃발 앞에
당당하게 서 있을 수 있다고.
순수하고 진실한 삶의 방식 앞에서
웃을 수 있다고.

어린 시절
물질 풍부한 가정에서 자라남은 오히려
나약함을 기르는 게 아닐까.
좋은 꿈을 가진 현실과

참인간 희망 메시지가
삶의 깃발 되지 않을까.

촛불

오색빛깔이나 칠색모양이나 단 한 가지 색깔이나
심지에 타오르는 불꽃은 오로지 한 갈래
온 가족 기쁨 밝히는 축가를 부르려마.

네가 서 있던 자리는 아픔의 흔적이어도
기쁨 슬픔 희망을 함께할 불꽃이 스민 자리
너의 몸 불살라대며 저절로 흐르는 눈물
다독다독 켜켜이 가라앉히던

기일

깊은 밤 자시가 되면
잊지 말고 들어오시라, 대문 활짝 열어놓고
집안 방방이 불을 밝히고
정성껏 준비한 제물을 차려놓고
가신 이 기억하면서 남은 이들은 이야기꽃을 피운다.

일 년에 한 번, 하늘이 허락한 시간
기일 맞이한 그분은 자시에 오시는데
이승의 후손과 저승의 선조님이 만나는 시간이다.
선조님이 후손들의 정성에 답하시고
음식을 흠향하고
제주의 음복을 시작으로 가족들이 식사를 한다.
칠흑 같은 어둠일지라도 등불 앞세우고
숙모님들은 동네 친척집으로 음식배달 하느라 분주하다.
아침이 되면 이웃과 함께 제사 음식 나누면서
담소 나누던 정겨움.

너무나 그리운 미풍양속, 내 어릴 적 기억.

남자아이 1

내가 남자아이로 태어난다면
하고 싶은 일 해야 할 일이
너무 많은걸.

아버지 목욕 따라 가서 서로 등밀이를 하고
군에 입대하여서 유격훈련에 사격도 해보고
홍수 피해지역 생기면 도움 주러 나가고
굵은 땀방울 흘리며 사내로서의 자긍심도 생겼을걸.
외줄 잡고서 암벽타기도 자신만만하게 했을걸.
아버지랑 마주 앉아 술 한 잔 하며
소탈하게 웃으며 두터운 정을 쌓고 했을걸.

친구들과 포장마차에서
닭발에, 꼼장어를 앞에 놓고
막걸리 잔을 기울이며
남은 인생을 즐겁고 참되게 살자, 살자고
위로하고 격려하며
어깨도 툭툭 치면서

"얌마, 남자는 의리 빼면 시체야 시체!"
라고 지껄일걸.
어깨동무 하고서
도로가 우리들 천지인양
군가를 부르며 걸어도 보고 호탕하게 웃기도 하고
이웃집 옥수수 밭에서 고구마 밭에서 서리도 해보고
군부대에서 새우잠도 조개잠도 배웠을걸.

남자아이 2

육십오 년 전 내가 남자아이로 태어났더라면
내 운명도 엄마 삶도 달라졌을 텐데
후회 만들지 않는 싱글로써
나의 젊음을 타인에게 구애받지 않고
직장에서 휴가 받거나 주말이면
무조건 배낭 매고서
가다가 쉬는 곳을 잠자리 삼았을 텐데.

산으로 광활한 들판으로
숲속에서 온갖 새소리 온갖 나무향에도 취해보고
나이가 들면 소주잔 부딪히면서
우정의 주머니 털어놓고
미명이 될 때까지 살아봤을 텐데.

괴롭고 외로운 친구 있으면 찾아가
"이보게, 나랑 기분 푸세."
그렇게 위로하면서 소주잔 짠! 하고 기울였을 텐데.

그러나 여자아이로 태어났음이 하늘의 뜻인 걸 어찌
하리.

인생의 가을

누구나
모테에서 이백팔십일 살다가
으앙~ 울음보 터뜨리던 순간부터
삶의 여정을 시작한다.
가슴은 언제나 마음의 고향
꿈 많고 야심찬 목표 있어서 요동치는
그 꿈 이루기 위해 애쓴다.
부모는 자식에게 손자들에게 희생하며 목숨 바치고
당신 인생 성찰할 때에
투명한 햇살 아래서 마냥 웃지는 못한다.
굵은 땀방울 눈보라 폭풍우 질곡의 세월을
우수수 떨어지는 낙엽에
사연 담아 띄워 보내 갈무리한다.

붉게 물든 노을에 타올랐던 꿈
숨겨진 내 발자국의 흔적은 지워져 가는데
삶의 여정
열두 폭 치마저고리 같이

홍매화 꽃수 놓아 입고서 덩실덩실 춤추리라.
기름등
한지에 곱게 새긴
내 인생 꽃잎과 낙엽들은 화폭에다 남기고

위문편지

중학교 땐 연말이면
으레 군인아저씨께 위문편지 보내는 숙제를 했답니
다.
고교 때는 파월장병께 매월 한 통씩 편지를 썼답니다.
제가 아는 건 맹호부대 청룡부대였는데,
저는 청룡부대 아저씨와 편지를 주고받았지요.
주월 사령관 채명신 장군님 지휘 아래
월맹군과 사투를 벌이면서도 그 생사의 갈림길에서
꼬박꼬박 답장 주신
그 아저씨에겐 딸이 하나 있었는데,
귀국 후 그 아저씨는 예쁜 공주와 함께 찍은 사진을
제게 보내주셨지요. 아저씨, 감사했습니다.
학교 졸업 후엔 연락두절이었지만요.

흑백텔레비전도 잘 없는 시대여서
부하를 구하고 총탄을 대신 맞으신
강재구 소령님 소식은 라디오로 들었답니다.
그 뒤에 단체관람의 영화를 보고

전장의 아비규환을 조금이나마 느낄 수 있었지요.

가난한 나라, 보릿고개를 간신히 넘던 그 시절.
파월장병 여러분의
그 목숨 값으로 경부선이 생기지 않았더라면
우리는 아직도 보릿고개를 넘고 있을 거라고
알 만한 사람들은 말하지요.

고엽제에 희생되어 고생하시는 분들께도
한없이 미안하고 감사합니다. 힘내십시오.
제 남편도 파월장병이었답니다.

항해 1

보름달밤 달빛에 반사된 바다
나침반에 의지하여 선박키를 회전한다고
수십만 톤의 선박이
항로를 수평선으로 정하고
망망대해 격랑 헤치며
오대양 육대주를 누비며 지금은 항해 중이라고

태극기 휘날리는 선박을 보면
너무 반가워 회신교환
가족을 위해 질풍노도의 물결을 가르고
항해 중엔 풍속 조류 노트와 일기예보에
신경을 곤두세우고
행여 태풍 예보 발효되면
운항 중에도 안전지대로 피해야 하고
수십 년 외로움의 틈서리에서 가끔은 휴가 나오신 당신.

선상생활 몇 십 년에 자식 출산도 한 번 못 보고
아이가 첫돌이 지나서야 오셨던 어느 날

아이가 "엄마, 저 사람 누구?"
그 질문에 가슴이 울컥하였다.
부자간 첫 상봉이 눈물겨웠다.
이산가족도 아닌데
서로 헤어져 생활하는 가족의 고통

그래도 당신은 외로움을 다스릴 줄 아신다고.
짙푸른 바다를 항해하시다 항구에 닻을 내릴 때는
동포만 만나도 반갑더라고.

항해 2

35년 전부터 해상생활에 익으신 당신.
공산국가라 입국 불가한 쿠바나 북한만 빼놓고
세계일주 한 셈이라고.
수에즈 운하, 파나마 운하를 거치기도 하고
이란과 이라크의 전쟁에 휘말린
호르무즈 해협을 통과할 때쯤이면 가족은 불안에 떨
었고
석유파동 걸프전
유조선은 수십만 톤이지만
미 함대가 양쪽에 호위하는 선상 위로
미사일이고 총탄이고 마구 날아다닐 때
선원들 가슴앓이
이란 호메니옹 독재시절.
미사일 포탄과 사투를 벌일 때에는
가족에겐 함구령을 내리고
오만 항을 통과해야만 안심했었다고.
당신은 무슨 무용담을 펼쳐놓듯 이야기하곤 했었죠.

소말리아 해적들이
선박 뒷머리에 갈고리를 던져 걸고
밧줄 타고 올라와 선원을 가두고
선원의 양식 보관실을 휩쓸고 나서야 풀려났다고
그래서 온전히 돌아올 수 있었다고……

선원 가족분들의 애환을 어찌 다 표현하리까?
승선하고 계셨던 동안 시시 때때 힘든 고비 넘기신
해상생활 하시는 분들 그 노고에 찬사를 보냅니다.

아들사랑 1

따르릉,
집전화가 울렸다.
굵직한 남자 목소리가 내 아들 이름을 대며
어머니가 맞는가 묻는다.
힐끗 보니 아버지는
담벼락에 페인트칠을 하는 중이고
그 순간 돌연
아들 고문하는 소리가 수화기를 타고 들려왔다.
"이유 불문 남편에게는 알리지 말라. 나는 사채업자다."
"그런데요?"
"목소리 낮춰! 기철이라는 당신 아들 친구가 3개월 전에 돈 천 만원을 빌려갔는데, 기철이 주소도 엉터리이고 행방불명이야."
"……?"
"원금하고 이자 합하여 이천 삼백, 오늘까지 당신 아들이 갚아야 해."
"우리 아들은요?"
"지금 우리가 데리고 있어."

"아들이 보증각서를 썼나요?"

"안 썼지만, 기철이 돈 빌리는데 따라왔으니 보증인이나 다름없다. 보증인이 갚아야 할 의무가 있는 거야. 그러니 아들 살리려면 어머니가 갚아."

부들부들 떨려서 죽고만 싶었다.

"저, 돈이 없어요. 그런 돈 갚아주느니 자살해버릴 거요."

"이 X 년, 니죽고 니새끼 죽일래? 오늘 못 갚으면 니새끼 장기 팔아서 갚아. 우리가 니새끼 처리한다."

하늘이 어떤 색깔인지 모르게 눈앞이 캄캄하였다.

아들 비명소리는 계속 들리고

"핸드폰 켜고 번호 말해."

"그냥 집전화로 얘기해요."

"아버지한테는 알리지 말고 핸드폰 켜."

핸드폰 번호 알려주었더니 금방 전화가 왔다.

귀를 기울이니 혁대로 치는 소리 들린 다음 아들이 실신한 것 같다.

내가 계속 돈이 없다 하자

"더 쳐라!"하면서 옆사람에게 지시하는 눈치였다.

"시간을 좀 주세요. 오늘은 가진 돈이 없어요."

30대 미혼에 직장인인 내 아들의 비명소리가 귀를 찢는다.

아들사랑 2

"거기가 어딥니까? 알려주시면 부근 가서 연락할께요."
"X 년이? 네년이 왜 여길 와?"
"아이고, 아들 몸이 안 좋으니 손대지 마세요!"
"자, 아들! 엄마한테 얘기 해!"
전화를 바꿔주는데, 숨넘어가는 목소리다.
"어머니, 아버지 몰래 저 좀 살려 주세요!"
그 애원 한 마디 뿐
"더 쳐라. 네년 하고 얘기 할 필욘 없다."
그래서 사정사정하였다.
"돈을 하향조정해주시면 안 될까요?"
"빌릴 데도 없어?"
"없어요."
텔레비전에서 사채업자만 봐도 겁먹곤 하던 나는
자식을 볼모로 잡고 두들겨 패는 그 소리에
기절할 지경 되었다.
돈 땜에 자식 잃어버리는구나 싶어서
눈앞에 아무것도 보이질 않는 거였다.
평소 제 아버지에게는 꼭 필요한 말만 하는 아들

그래서 더욱 남편에게는 알리지 못하고
내 손에서 해결보자고 자꾸만
하향조정, 하향조정, 하였다.
"그게 안 되시면 제가 가진 돈 다 드릴 테니 남는 돈은
한 달 후에 얘기합시다."
"개소리 집어치우고 시키는 대로 해."
집전화,
폰,
사채업자 외는 통화가 불가능하도록 하라는 거였다.
"켠 상태로 가방 열고 현금을 넣어라. 수표는 안 돼."
"현금이 없는데 어쩌죠?"
"그럼 신분증, 통장, 도장 챙겨서 가방에 넣고 은행가
라. 가서, 은행직원 눈치 못 채게 돈 인출해. 무슨 얘기라
도 하면 그 즉시 네 아들 생명 사라진다."
창구 직원에게 지불정지요청을 할 수 있긴 했지만
그 즉시 아들을 죽인다는 협박인데 어쩌랴.
그래서 핸드폰을 켠 상태로
부지런히 은행으로 걸어갔다.

아들사랑 3

"계좌번호 불러주는 대로 입금하면 입금 확인 되는대
로 아들을 보내겠다."
아무 것도 생각나지 않았다.
오직 아들 목숨만 중요하여
다른 것은 생각할 겨를이 없었다.
불러주는 계좌로 돈을 입금하고서 입금했다 하니
저쪽에서 확인했다면서
큰 인심 베풀듯 자상하게 일러주는 거였다.
"현재 지갑에 돈이 얼마 있나?"
"오천 원……"
거짓말을 했다.
돈이 몇 만원 있다고 곧이곧대로 말한다면
더 넣어라 할 것 같고,
오천 원이면 아들이 감금상태에서 풀려나
택시를 태워 보내준다면
내가 기다리고 있다가 택시비로 지불하겠다는
그 뜻을 밝힌 거였다.

"아들이 출발했다. 쇼크 받았을 테니 따뜻한 밥 해먹이고 아무 것도 묻지 말라."

그러나 사십 분이 지나도 아들은 집엘 오지 않는 거였다. 회사로 바로 갔나 싶어서 아들에게 전화하자,

통화가 되었다.

"회사로 바로 갔구나. 어디 다친 데는 없니?"

"어머니, 무슨 말씀이세요? 아침에 집에서 나와 바로 회사로 오지, 뭐 할라고 딴 데로 가서 다칩니까?"

그제야 이러저러해서 이러저러했다 하고

허둥지둥 말했더니 아들이 펄쩍 뛰는 거였다.

"어머니, 보이스피싱 당했네요!"

그때부터 긴박하고 어수선한 상황이 전개되었다.

경찰에 신고—송금은행—송금확인서확보—송금확인서 토대로 경찰 수사—서울 모 은행에서 인출—수사관—조사 중에 아들이 전화 함.

"어머니, 저 못 들어갑니다. 거금 날리고 어떻게 들어갑니까? 아버지가 아시면 난리 불벼락 떨어질 텐데……"

그리고 아들은 전화를 수사관에게로 넘긴 모양이었다.
어머니를 모시러 갈 것이니
어머니가 어디 다른 델 못 가게 시간 끌어달라고
부탁한 모양이었다.
송금영수증을 토대로 진술서를 꾸미고 있는데
남편이 경찰서에 도착하였다.
관할 은행으로 가서 물으니
2개월 기다리면 법원에서 연락할 거라는 대답 뿐.

돌아온 이천팔백구원

어리석게도 보이스피싱이라는 걸 당했다.
"아줌마 아들이 빚보증을 섰는데……장기를 떼어내
서라도 돈을 받아야겠다."
"아들의 목소릴 들려주세요."
"어머니 살려주세요, 어머니…… 살려주세요."
그래서 거금을 날렸다.

"파도와 더불어 힘들게 번 돈을 그렇게 허무하게 날
렸나?"
남편에겐 입이 열이어도 면목 없었지만 변명은 했다.
"집전화로 대뜸 아들 이름 대니 믿을 수밖에요."
모정을 인질 삼은 그들이 밉다.

부산 지하철 생기고 몇 년 지나 방영된 뉴스,
백발에 허리 구부러진 할머니께 사십 된 아들이
"엄마 다 왔다 내려." 하는 걸 보며
세 살 버릇 여든까지 간다는 속담이 생각났다. 그래서

내 아이들에겐 '아버지' '어머니'라는 호칭을 착실히 가르쳤던 나는 "어머니 살려주세요, 살려주세요."의 '어머니'에 깜박 넘어갔었다.

금융권 거쳐서

법원판결 받느라

또 거금 날리고 돌려받은 이천팔백구원.

낙엽편지

무차별 공세 퍼붓는 햇살 아래 몸을 맡기고도
나뭇잎들은 저희끼리 젊음을 만끽한다.
아쉬움 길게 토하며 정나미도 나눈다.

편지를 쓴다.
떨어질 순서 지키며 대롱거리는
갈바람 불면 먼 여행길에 오를
이파리들에게
다음해에 돌아와 새싹 틔워 올릴 거름으로
비바람 능멸하면서도 고고히 사라지는 방법을

짙은 그늘 만들어 할 일 다 마쳤다고
한 잎 한 잎이 산에서 들에서 옷을 갈아입는다.
딩굴다, 딩굴리다가 어차피 부서지겠지만.

어떤 잎은 개울에서 숨 돌리는 나그네에게
낙엽편지 띄우고 봄을 기약하지만
바람결 따라 따라서 가버리는 자연의 섭리.

해설

아픔을 노래하기 위하여

주영숙·문학박사

1. 사설시조 같은 시편들

손가윤의 시는 우선 아프다. 그 아픔은 그녀의 아기자기한 꽃동산 틈틈이 숨어서 어떤 그리움으로 형상화되고 있다.

동병상련이란 말이 있긴 하지만, 사실 아픔이란 건 공유할 수 없는 성질을 지녔다. 내게 생긴 상처로 인한 내 아픔을 타인이 대신 아파해주려면 타인에게도 똑 같은 상처가 생겨야 하는데, 그게 쉽지 않기 때문이다.

시인의 세 번째 시집 『빙혼』의 이미지는 <동병상련>보다는 <한>이라는 용어를 떠올리게 한다. 그리고 보면 <한>이라는 것은 "아리랑 아리랑 아라리요~ 나를 버리고 가시는 님은 십리도 못 가서 발병 난다."에서 보듯 우리 민족의 전통 정서다. <한>이라는 정서의 출

발점은 「공무도하가」와 「가시리」로써, <한>에는 그것
을 녹이고 삭이려는 또 다른 정서가 중첩되어있기 마련
이다.

　그래서인지 시조라곤 공부한 적이 없다는 손 시인의
시어들에서는 대부분 우리 고유의 시 장르인 시조가락,
그 중에서도 사설시조 양식이 도드라지고 있기도 하다.
　사설시조는 평시조의 균형 잡힌 틀과는 많이 다른 형
태를 통해 평면이 아닌 입체로 다가오는, 풍자에 익살을
섞어 표현하는 문학 양식이다. 그래서인지 일정한 공식
이 확연하게 나타나는 평시조와는 달리, 사설시조에는
삶의 역동성이 담겨 있다. 평시조가 주로 자연과 인간의
단면을 묘사하는 반면 사설시조는 현실 속에서 제재를
선택하여 ‘사람 사는 다양한 이야기’를 표현하는 양식이
기 때문이다. 이야기가 내재한 사설시조는 ‘다운’ 사설
시조이고 이야기가 부실한 사설시조는 ‘답지 않은’ 사설
시조라는 말이기도 하다.

　시든 소설이든 또는 수필이든 설득력을 지니려면 우
선 무슨 이야기인지를 나타내야 한다. 그런데 작금의 시
인들을 보면 시를 위한 시를 쓰는 시인이 많다. 낯선 시,
놀래키는 시를 쓰기 위하여 혼자만이 연구하고 찾아낸
시어들로 촘촘히 직조하여 시집이라고 내어놓는 경우

가 허다한 것이다. 아무리 문학상을 수상한 작품이라 하더라도, 그러한 시는 그 시인 혼자만 향유할 시 작품이지, 결코 독자의 사랑을 받을 수 있는 시는 아니다. 다시 말해 살아있는 시가 아니라고 할 수 있다. 시는 설득력을 지녀야 하고 공감대를 이루어야 한다고 본다. 어렵게 분석하여 이해하는 게 아니라, 읽는 즉시 눈물을 솟구치거나 감동에 휩싸이게 해야만 좋은 시라 할 수 있는 것이다. 한 예로, 구상시인의 시 한 구절을 보자면 이러하다.

> "앉은 자리가 꽃자리니라/네가 시방 가시방석처럼 여기는/너의 앉은 그 자리가 바로/꽃자리니라"

이런 시는 읽는 이로 하여금 눈물을 솟구치게 한다. 자신의 삶이 고달프다고 생각하면 더더욱 가슴 절절이 와 닿는 이 시에 이해하기 어려운 구석이라곤 한 부분도 없다. 그래서 이 시는 프랑스 어느 묘비명에 장식되기까지 했다.

손가윤의 시 역시 쉬우면서 가슴을 울린다.

시를 위한 시를 쓴 것이 아닌, 자기 삶을 시 형식을 빌려 풀어낸 것이기 때문이다.

이 책의 맨 처음을 장식하고 있는 「벽지」를 한 예로 들어보면 마치 영상처럼 떠오르는 풍경이 있다. 그냥 영상에 그치는 게 아니라 시인의 내면까지 투영하는 그런 시어의 형상화가 여기 존재하는 것이다.

> 잠자리에서 불을 끄면
> 어둠에 잠기는 방.
> 실크벽지 반질거리는 벽면으로
> 돌아누운
> 내 눈은 올빼미 눈.
> 삼 면의 벽엔
> 십자수 작품 전시회가 한창 성업 중
> 또 다른 벽에는 촘촘히
> 임의 모습 어룽진다.
>
> 눈을 다시 감아도
> 끊임없이 여울지는
> 그 모습 그 목소리 내 귀를 어루만지고,
> 지금은 잊혀져버린 노래가 거짓말처럼
> 편안한 자장가로 변신하여 흐르고 있다.
> 눈을 감은 채 임의 그림자 부둥켜안고서
> 한순간 희로애락에 감전된 김에
> 달님에게도 인사한다.
>
> ―「벽지」 전문

여기에서 우리는 시인의 솔직담백한 어느 순간을 엿

보며 내밀한 공감대를 이루게 됨을 알 수 있다. 더 이상
의 해설이 필요 없을 것 같은 작품이지만 내용을 음미해
보자면 다음과 같다.

①(초장)시인은 잠자리에 들면서 조명등을 모두 끄고
누워 벽지를 바라보고 있다. ②(중장)어두워 아무 것도
보이지 않는 게 당연한데도 시인은 환히 볼 수 있고, 그
사실을 증명하기 위하여 '올빼미 눈'이라는 형상화의 명
칭을 사용하였다. 여기에서 독자의 머릿속엔 어떤 의미
가 각인된다. 그리움이란 것의 본질을 보는 데는 어둠이
아무런 장애가 되지 않을 뿐만 아니라, 오히려 어둡기에
잘 볼 수 있다는 그런 사실이다. 한 마디로, 눈을 감아야
만 잘 볼 수 있다는 메시지부터 던져놓은 도입부이다.
그런데 오랜 세월 십자수작품을 해온 시인은 삼면의 벽
에다 그 작품들을 모두 걸어 놓았나보다. 마치 전시회를
연 것 같이 말이다. ③(종장)아무튼 또 다른 하나의 벽에
서 시인은 촘촘히 어른거리는 임의 모습을 보고 있다.

위와 같이 1연을 장식한 다음, 2연에선 본격적인 이야
기가 이루어지고 있다. ①(초장)임의 모습과 목소리는
눈을 다시 감아도 끊임없이 여울지고 ②(중장)지금은
잊혀져버릴 정도로 까마득한 노래가사, 즉 임과의 밀어
가 뜬금없이 벽지의 무늬인양 그림자로 박혀 자장가가
되었다. ③(종장)그래서 나는 추억 저쪽의 희로애락을

느끼게 해준 벽지를 너무 고마워하며 달님에게조차 인사를 건넨다.

　사설시조가 판소리 가락으로 대신 말할 수 있는 한국인의 생체 리듬을 따름으로서 형식 속의 자유를 누리는 다양성을 지니고 있다는 점은 대체적으로 알려진 사실인데, 가령 순서적인 속도 진양조 → 중모리 → 중중모리 → 자진모리 → 휘모리에서 곧잘 이탈하거나 추월하거나 때로는 역행하며, 중모리 → 자진모리 → 진양조·진양조 → 휘모리 → 중중모리 등을 구현할 수 있는 그 가락에 우리의 호흡이 살아있다고 볼 수 있다. 마치 우리 심장박동이 불규칙해야만 건강하다는 신호인 것처럼, 그렇다고 하여 심장박동이 결코 무질서함은 아닌 것과 같이, 사설시조는 한국인의 건강한 심장박동을 기초한 노래이며 한국소설의 본령일 수 있는 문학 장르이기 때문이다.

　"종장의 첫 3음절의 고정은 현대에 와서는 3장의 자수율 중에서 엄격히 지켜야 하는 것 중의 하나이다. 여기서 종장 첫 3음절의 형태는 옛시조에서 보면 감탄사의 조흥구로서 이루어지고 있다. 중국의 한시는 4구 원칙에서 율시의 3구 원칙, 다시 배율의 12구 원칙들이 나타나듯이 우리의 정형시에도 평시조, 엇시조, 사설시조

등의 형태로 나타낼 수 있다. 종장 첫 구의 3음절은 우리 고유의 정형시로써 명맥을 유지시키는 키포인트이다.” 라는 논의에서 인식한 바와 같이 평시조나 마찬가지로 사설시조에서도 종장 3음절은 불변의 원칙이다. 나아가 서는 종장 2구 역시 질서가 있는데, 음절수를 5-9로 정 한 것이 그 원칙이다.

그런 면에서 이 시 「벽지」를 다시 보면 연의 마지막 부분이 뚜렷한 사설시조 종장 역할을 수행하고 있음을 알 수 있는데, 1연에서는 “또 다른③/ 벽에는 촘촘히⑥/ 임의 모습④/ 어룽진다.④” 이며, 2연에서는 “한순간③/ 희로애락에⑤/ 감전된 김에⑤/ 달님에게도 인사한다.⑨” 로 형성되어있음을 알 수 있다.

「벽지」뿐만 아니라 사설시조 양식이라 보이는 작품 들이 꽤 여럿 있는데, 그 종장 몇을 따와서 놓아본다면 다음과 같다.

「달맞이꽃」: 땀방울/방울방울마다/새로운 자아를/새기고//
「불 꺼진 창밖」: 어느새/꿈길 한 모서리에서/그대 만나 는/황홀함이여.//
「밤바다에서 수화를」: 밤하늘/별빛마저도/화촉 밝히는/ 끝없음이여.//
「전생인연」: 갸우뚱,/설레설레 고개 흔드는/그 사람이/

서운하다.//
　「달무리」: 별자리/들러리 삼은/진심 어린/내 사연//
　「꽃바람」: 마음 문/활짝 열고서/기다리고 있네,/나는//
　「얼음가슴」: 그 길목/모퉁이에 서서/울고만/있습니다.//
　「노을 진 언덕」: 은구슬/조롱조롱 맺히겠다,/아침이면/
곡식들 머리에//
　「인연 따라 가는 법」: 기어이/소를 끌어안고/목을 놓아/
울었더랍니다.//
　「낙엽편지」: 비바람/능멸하면서도/고고히 사라지는/방
법을//
　「초롱꽃」: 하나 된/영원한 사랑/초롱꽃이여,/초롱꽃이여!//

2. 생동감 있는 시편들

　소설에서든 시에서든 형상화작업을 도외시한 문장은 단적으로 말해 죽은 문장이라 할 수 있다. 저녁놀은 붉기 마련인데 굳이 저녁놀 앞에 '붉은'을 붙인다든가 단풍의 '단丹' 또한 붉은 색을 뜻하니 앞에 '붉은'을 붙일 필요가 없는데 굳이 붙여서 표현한다. 군더더기 시작법이다. '붉은 저녁놀', '붉은 단풍'이나 마찬가지로, '홍시紅柿'의 홍紅도 붉은 색인데, 파란 홍시가 있는 것도 아닌데, 굳이 붉은 홍시라고 하기 일쑤인가하면, 동백꽃도 대표색깔이 붉어서 그런지 꼭 붉은 동백꽃이라 표현하기가 다반사이다.

　이는 [역 앞 → 역전 앞], [날마다 → 매일마다], [5월 30일 → 5월 30일날], [월요일 → 월요일닐]이라고 표현하는 것이나 마찬가지로써, [홍시 → 붉은 홍시], [단풍 → 붉은 단풍]이라는 식으로 띄어쓰기만 했달 뿐이다. 그래서 예리한 평자는 이런 시를 '시에서의 긴장과 압축이 이루어지지 않았다는 반증인 동시에 형상화에서도 실패했다'고 지적하게 된다.

　한 편의 시에다 저녁노을을 '붉은 저녁노을'이라 한다거나 홍시를 '붉은 홍시'라고 한다거나 동백꽃을 '붉은 동백꽃'이라고 상투적인 표기를 함은 생동하는 대상을 죽음으로 몰고 가는 형국으로써, 이는 '형상화작업을 철저히 실행한 문장은 펄펄 살아있다'는 의미의 반증이다.

　살아있고 살아있다고 표현되어야 할 대상물들은 상투어들에 의하여 의미 없는 그 무엇이 되어버린다. 그것을 살려낸다 하고 좀 더 섬세한 도덕적인 용어를 구사하였다면 단순한 비유로만 그쳐 말장난의 영역으로 떨어져 아무도 기억하지 못할, 기억하고 싶지 않을 문장이 되고 만다. 작가가 모든 종류의 개념과 표현을 의식적으로 사용하고, 다양한 언어를 통해서 자연현상들에 대한 관찰을 진술할 수 있기 위해서는 일차적인 관점을 극복

해야 한다. 생동하는 의미를 생동하는 표현으로 붙들어야만 독자에게 만족스러운 결과를 전해줄 수 있기 때문이다. 하지만 기호를 사물 쪽으로 갖다 붙이지 않고 생동하는 본질을 말(시)로써 죽이지 않는다는 게 쉬운 일은 아니다. 확신과 목표의식을 가지고 적절하고 겸허하게 사용해야만 이익을 얻을 수 있을 것이다. 가장 바람직한 방식은, 특정한 영역에 속하는 개별적인 사항들의 언어를 그 영역 자체에서 가져오는 것이다. 가장 단순한 현상을 기본으로 삼고 거기서부터 파생되는 다양한 현상들을 이끌어내고 전개시켜야만 한다.

노니는 고기떼들 물결 헤적일 때
스치는 옷자락
어디선가 본 듯 만 듯한 모습.
허겁지겁 뛰어가서 물어본다.
"혹 저를 모르시나요?"
갸우뚱, 설레설레 고개 흔드는 그 사람이 서운하다.

―「전생인연」 부분

이 시집 『빙혼』에서 가장 압권의 생동감 있는 시편이라면 「알사탕」이나 「아들사랑」 시리즈이지만, 바로 위의 시 역시 생동감 있는 시 작품의 표본이다. 마치 드라마 한 편을 보는 것 같으면서도 쉽게 다가온다. 여기에서는 독자로 하여금 '내 전생은 누구였을까? 방금 옷깃을 스친 그 사람은 내 전생에서 나랑 무슨 관계였을까?' 하는 흥미로운 사색에 빠져들게 하는 힘을 지니고 있다.

이 역시 한 수의 사설시조로 구분될 수 있는데, 시조 양식의 총 12걸음(초장 4걸음; ①~④, 중장 4걸음; ⑤~⑧, 종장 3, 5-9를 지킨 4걸음; ⑨~⑫)을 여기에 부여한다면 다음과 같다. (초장) ① 노니는 ② 고기떼들 ③ 물결 ④ 헤적일 때// (중장) ⑤ 스치는 옷자락 ⑥ 어디선가 본 듯 만 듯한 모습. ⑦ 허겁지겁 뛰어가서 물어본다. ⑧ "혹 저를 모르시나요?"// (종장) ⑨ 갸우뚱, ⑩ 설레설레 고개 흔드는 ⑪ 그 사람이 ⑫ 서운하다.//

3. 고향생각 나게 하는 시편들

손 시인의 이 시집은 온통 추억으로 점철되어 있는 것 같기도 하다. 「고향 가는 길」, 「봄날」에서 볼 수 있듯 무한한 그리움의 물결이 출렁대고 있는 본질, 그 정체성은 대략 세 가지로 분류됨을 알 수 있다.

첫째로는 「알사탕」, 「차압쌀, 떠억!」, 「수학여행」,

「슬픈기억」, 「교정을 뒤돌아보며」, 「갯바위」, 「학교는 계급장」, 「야유회」, 「여름밤」, 「마음의 꽃」 등에서 일련의 공감대를 끌어당기는 초중고교시절을 포함한 어린 시절.

둘째로는 「사모곡 1, 2, 3, 4」, 「안부」로써 부모님에 대한 그리움.

셋째로는 「벽지」, 「꽃무릇」, 「님바라기」, 「이슬」, 「모래톱」 등에서 엿볼 수 있는 헤어졌거나 가신임에 대한 그리움으로써, 이 역시 독자의 심금을 울리는 시편들이다.

그리움을 대표하는 시 한 편을 놓아본다.

천국에서는
구렁논에 빠지지도 마시고
등에 진 농약통도 내려놓으세요.

누렁소 세 놈 중 한 놈은
외양간이 비좁아서 죽고,
한 놈은 길을 가다 감전사고로 죽고,
한 놈만 '항우'라는 이름으로 남게 된 일을,
엄마, 이제는 애통해 마세요.
성모님 품에서 편히 쉬셔요.
사랑하는 나의 엄마.

이 딸도 당신 닮아서 아들 못 낳을 줄 알고
노심초사하시다가

턱하니 외손자가 나오니
너무 행복해하시던 엄마.
늘 형수의 하소연을 듣고 위로해주시던
엄마의 버팀목 작은아버지도 돌아가셔서
그나마 의지할 곳도 잃어버리셨던 나의 엄마.

……(생략)……

여든여덟 엄마의 한평생은 몇 권의 책으로도 부족합니다.

엄마의 잔소리가, 그 타박이
아무도 못 말릴 자식사랑인줄을
자식이 자식 키우면서야 깨달았어요.
어쩌다 사진첩을 들여다보면
꿈에라도 엄마를 만나게 되길 빌며 아쉬워합니다.
다시는 몰래하는 알바 그거 안할께요.
걱정 안 끼칠께요.
사랑하는 나의 엄마, 천국에서 편안히 쉬고 계세요.
술지게미 얻으려고
달밤에 술도가에서 줄서기도 하지 마세요.
애광원 뒷산 돌아다니며 나무하는 것도 그만 두세요.
다시는 주책없이 흐르는 눈물, 보이고 싶진 않습니다.

—「사모곡 4」 부분

이 작품 또한 도합 4수의 사설시조로 나타남을 알 수 있는데, 각각의 종장들만 옮겨보자면 아래와 같다.

1) ⑨ 성모님 ⑩ 품에서 편히 쉬셔요. ⑪ 사랑하는 ⑫ 나의 엄마.

2) ⑨ 그나마 ⑩ 의지할 곳도 ⑪ 잃어버리셨던 ⑫ 나의 엄마.

3) ⑨ 다행히 ⑩ 딸자식 걱정에만 ⑪ 애달파하고 계시던 엄마를 보고, ⑫ 휴~ 한숨을 쉬었었지요.

4) ⑨ 다시는 ⑩ 주책없이 흐르는 눈물, ⑪ 보이고 싶진 ⑫ 않습니다.

사설시조로 볼 때의 첫째 수 초장 격엔 "천국에서는…… 내려놓으세요."로써, '농약통을 등에 진 채 구렁논에 빠져가며 농사에 매달리던 어머니의 모습'이 그려져 있다. 그리고 중장 격엔 "누렁소…… 애통해 마세요."로써, 누렁소가 세 마리 있었는데 두 마리는 어찌어찌해서 죽고 '항우'라는 이름의 소만 겨우 남게 된 일을 어머니가 몹시 애통해했다는 사연이 자세히 그려져 있다. 이 일을 언급하며 시인은 첫 수의 종장을 "성모님…… 나의 엄마."로 기술함으로써 무난히 초장 "천국에서는…… 내려놓으세요."의 끝맺음을 하고 있다. 그럼으로써 완성도 높은 사설 한 수가 성립되다니, 시조 공부를 전혀 한 적이 없다는 시인임을 감안할 때 놀랍지 않을 수 없다. 한편 과연 순 한국식 표현은 이렇게 사설시조로 나타나는구나 하는 재인식을 유도한다.

이 시편의 둘째 수 초장 격은 "이 딸도…… 노심초사 하시다가"까지로 볼 수 있다. 그리고 중장 격은 "턱하니 외손자가…… 작은아버지도 돌아가셔서"까지로, 묘하게도 한 행이 한 걸음씩을 확보하고 있음을 알 수 있다. 그리고 이 둘째 수에는 어머니가 아들을 낳지 못하여 받았던 설움이 함축되어있으며, 그나마 많은 위로가 되던 시동생마저 저세상 사람이 되었다는, 장편소설 못지않은 이야기를 내포하고 있다. "그나마 …… 나의 엄마."라는 종장격의 서술이 장편소설 속의 소제목 부분의 끝맺음을 하고 있기 때문이다.

셋째 수를 생략하고 넷째 수를 들여다보면 그야말로 텔레비전에 나와도 손색없을 만큼의 인생드라마가 펼쳐져 있음을 알 수 있다.

대뜸 "여든여덟 …… 부족합니다."로 초장을 시작하고서 "엄마의 잔소리가, 그 타박이 …… 그만 두세요."라는 중장이 전개되는데, 자식을 키우면서야 엄마의 자식 사랑을 알게 되었다는 것과, 이제는 엄마 말을 잘 듣겠는데, 그 엄마가 지금 옆에 없다는데 대한 아쉬움이 들어있다. 그러면서 엄마가 얼마나 고생했던가를 종장 바로 위, 석 줄의 어휘에 함축시키고 있다.

술지게미 얻으려고
달밤에 술도가에서 줄서기도 하지 마세요.
애광원 뒷산 돌아다니며 나무하는 것도 그만 두세요.

달밤에 술도가에서 줄서기를 하다니, 이게 무슨 말인가 싶어 들여다본다.

너나없이 배고픈 시절, 술지게미로라도 요기를 하고자 달이 떠 있는 이른 새벽부터 양조장 앞에 줄서있는 군상들이 저절로 떠오른다. 그리고 애광원 뒷산을 돌아다니며 나무를 했다니. 이러고 보면 시인의 어머니는 농약통을 짊어지기도 하고, 술도가 앞에 줄을 서기도 하고, 온 산을 헤매며 땔감을 구하기도 하였던 억척스런 어머니상이 아닐 수 없다. 초장 "여든여덟 엄마의 한평생은 몇 권의 책으로도 부족합니다."에서 인지하듯이 과연 이 어머니에 대한 이야기를 소설로 쓴다면 몇 권의 책으로도 부족할 것임이 자연스레 드러나고 있다. 어쨌든, 바로 이런 것이 사설시조의 한 특성이기도 한데, 시 속에 '이야기가 깃들어있기 때문'이다.

그러고 보면 언제고 손가윤 시인의 자전적 장편소설이 나올 법도 하다. 사설시조와 소설은 친연성이 있으니까 말이다.

　가장 하고 싶은 말은 이 시인이 이순도 중반에 들어섰
는데도 불구하고 아직도 때 묻지 않은 감성을 간직하고
있다는 것이다. 이왕 치료 차원으로 시를 쓰기 시작한
것, 소설은 못 쓰랴 싶어서, 한판 멋진 승부를 걸 수 있는
소설도 써 보시라 권유한다.

하란(荷蘭) 손가윤은 1950년 경남 거제에서 나고 자라 장승포 초등학교, 거제중·고등학교를 졸업하였다. 전 체신부 공무원으로 7년 재직했다. 현 주부로써, 시집으로 『돛단배』와 『회상』이 있다.

빙혼

초판 1쇄 인쇄일 | 2013년 4월 15일
초판 1쇄 발행일 | 2013년 4월 20일

지은이 | 손가윤
펴낸이 | 정진이
출판이사 | 김성달
편집이사 | 박지연
편집/디자인 | 정유진 신수빈 윤지영
마케팅 | 정찬용 권준기
영업관리 | 한미애 심소영 김소연
인쇄처 | 월드문화사
펴낸곳 | 새미
                등록일 2005 03 14 제25100-2009-8호
                서울시 강동구 성내동 447-11 현영빌딩 2층
                Tel 442-4623 Fax 442-4625
                www.kookhak.co.kr
                kookhak2001@hanmail.net

ISBN | 978-89-5628-617-4 *04800
가격 | 12,000원